COURS-PRATIQUE

D'ÉTUDES

TOUTES FRANÇAISES.

D'ÉTUDES

TOUTES FRANÇAISES,

PAR

Hré ACHARD ET Fné NICOLE,

Dédié à M. Charles Dupin.

Le temps semble être venu de dire : *Le monde français* ; comme autrefois : *Le monde romain*.

DE RIVAROL.

TOME PREMIER.

MARSEILLE,

IMPRIMERIE D'ACHARD, RUE St-FERRÉOL, No 64.

1829.

PROSPECTUS.

COURS-PRATIQUE D'ÉTUDES TOUTES FRANÇAISES,

PAR H. ACHARD,

MEMBRE DE L'ACADÉMIE DES SCIENCES, ARTS ET BELLES-LETTRES DU DÉPARTEMENT DU VAR,

ET F. NICOLE,

BACHELIER ÈS-LETTRES.

SUR mille pères de famille capables de faire donner une éducation à leurs enfans, cinquante au plus peuvent les placer dans un Collége royal. Sur ces cinquante, il est hasardeux de dire que vingt-cinq pourront faire compléter les études, et de ces vingt-cinq, combien faut-il en prélever pour lesquels ces études seront perdues, disons mieux, auxquels elles seront devenues nuisibles, puisqu'elles les auront détournés de sciences bien plus appropriées à leurs destinations? Le nombre sera plus qu'ordinaire si de ces vingt-cinq élèves, dix profitent pour leur avenir d'un diplôme de Bachelier-ès-lettres; but presque unique de 8 à 10 années de travaux! En l'état, voilà sur mille, neuf cent nonante jeunes gens auxquels un autre mode d'instruction ou une éducation autrement dirigée, eût été bien plus profitable. Or, ce mode d'instruction, où ont-ils dû le chercher? Cette éducation, où ont-ils pu la recevoir? Est-ce dans de simples écoles primaires de 3me, de 2me, ou même (quoiqu'elles soient très-rares) de 1er degré; écoles qui, par leur nature et grâce à des préjugés, bizarres il est vrai, mais d'observance religieuse, ne peuvent guère suivre qu'une route coutumière et bornée, capable au plus de conduire aux portes de l'adolescence? Est-ce dans les leçons d'un père qui, s'il a assez d'instruction, de temps et de bonne volonté pour les donner, n'aura pas les ouvrages nécessaires et ne pourra y suppléer, qu'en perdant un temps infini à compulser de vastes bibliothèques? Un précepteur particulier même aurait encore cet obstacle à lever. Il manquait donc, et cette idée ne nous appartient peut-être pas tout entière; il manquait, disons-nous, pour faciliter l'instruction la plus généralement nécessaire, un ouvrage, qui, dans un cadre circonscrit, mais exact et entier, renfermât, sous une forme pratique, tout ce que doit savoir un jeune homme qui, sans aspirer aux états scientifiques, veut cependant pouvoir embrasser une carrière honorable et s'y montrer l'égal de tous.

Grammaire française raisonnée, Mathématiques élémentaires, Histoire ancienne et moderne, Mythologie, Géographie et Rhétorique, voilà, avec quelques notions de Logique, de Morale et de Physique, ce qu'il est indispensable qu'un jeune homme connaisse, voilà ce avec quoi il peut se présenter partout.

Il ne fallait, nous le croyons du moins, pour faire un pareil ouvrage que le désir d'être utile et le temps disponible pour de nombreuses compulsations. Quant à la première de ces qualités, on nous jugera! Le temps, nous sommes sûrs de l'avoir puisqu'il ne s'agit que de rédiger des leçons données par nous, avec quelque succès, dans un établissement qui, malgré la modestie de son titre, jouit depuis huit à dix ans d'une assez grande confiance. Puissions-nous avoir réussi!

A M. Charles Dupin.

Sapienti sat est.

H. Achard, F. Nicole.

A MM. ACHARD ET NICOLE.

Paris, le 18 Février 1829.

Messieurs,

Je ne puis qu'être infiniment flatté de l'honneur que vous me faites par votre demande de me dédier votre Cours-pratique d'études toutes françaises. Je vous prie en même temps d'agréer tous mes voeux pour le succès de cette utile entreprise. Le moment est bien choisi pour une tentative de ce genre, puisque de toutes parts on cherche à sortir de la routine des anciens enseignemens.

J'ai l'honneur d'être, etc.

Signé : Charles Dupin.

AVANT-PROPOS.

Bien des personnes sont encore à douter s'il est possible de parler français en ignorant le latin. Erreur, dont la source vient de loin et dont la propagation doit être attribuée en partie, à ceux-là même qui devaient la détruire: *on croit que l'usage seul suffit pour s'y rendre habile,* disait Rollin.

Beaucoup, parce quils n'ont point appris, croient qu'il est impossible d'apprendre; d'autres, parce qu'ils ont oublié, nous font un crime de leur manque de mémoire et veulent nous empêcher de nous ressouvenir;

plus nombreux encore, les échos de toutes les rumeurs, organes habituels de l'ignorance et de l'envie, orgueilleux approbateurs de l'antiquité, mais détracteurs des modernes, par cela seul que leur nullité a trop à souffrir du savoir de leurs contemporains, s'étaient emparés de ces antiques opinions; tous suivaient, serviles imitateurs, les routes déjà tracées. « Quel-
« ques traits de lumière sortis par inter-
« valles du sein des ténèbres éclairaient
« depuis long-temps sur des erreurs gros-
« sières. »

Cependant les sciences se propageaient avec une rapidité étonnante, leur domaine agrandi de jour en jour, offrait à tous instans de nouveaux trésors au savant observateur, restait la dernière enveloppe à briser; le siècle est enfin arrivé où l'on a pu oser dire : *essayons mieux que nos prédécesseurs.* Aussitôt, les arts se sont vu aider dans leurs développemens, par une foule de machines que nos pères eussent accusées de magie. Les lettres se sont élancées, affranchies de leurs vieilles entraves, les forces de l'homme ont été savamment calculées et habilement ménagées; tout a bientôt vécu d'une nouvelle vie, une ère nouvelle a commencé. La jeunesse seule était encore à attendre le fruit de cette victoire remportée sur les préjugés; la plus belle portion du siècle, celle qui doit le régénérer, celle dont tous les instans sont, en civilisation, si précieux pour l'avenir, languissait oubliée dans les vieilles routes.

Un savant est venu qui a dit: « Est-il « indispensable, est-il seulement utile que « soixante et dix mille jeunes gens soient, « durant cinq, six ou même sept années, oc- « cupés à l'étude de la langue latine? d'une « langue dont on ne veut plus tolérer l'em- « ploi même accidentel, je ne dis pas dans « nos cercles frivoles, mais dans nos assem- « blées les plus graves et qu'on doit sup- « poser les plus fortes dans leurs études? « Parce que nos pères trouvaient excellente

« une telle éducation, peut-elle nous suffire, « peut-elle nous convenir aujourd'hui? (1). »

Non sans doute, une telle éducation ne nous suffit pas aujourd'hui, a-t-on dû répondre à l'orateur philanthrope qui, du haut de la tribune de son pays, appelait, il n'y a pas un an, les Français à une éducation nouvelle; non sans doute, nous sommes-nous écriés avec lui, une telle éducation

---

(1) C'est pour les bons esprits un sujet d'étonnement toujours nouveau, qu'au milieu de la société moderne, après les grands changemens qui se sont opérés, dans toutes les parties de notre organisation sociale, le système d'instruction publique du moyen âge nous ait été transmis avec aussi peu de modification, que l'étude des langues anciennes soit encore avec les mêmes méthodes, la base presque exclusive de l'instruction de la jeunesse, et qu'on y consacre la plus grande partie du temps destiné à son éducation. Pour comprendre toute l'énormité de ce contre-sens, avec lequel nos habitudes d'enfance ont pu seules nous familiariser, il suffit d'examiner un instant les nouveaux rapports qui se sont successivement établis entre les sciences et les arts. (*Discours prononcé par M. le docteur Cauvière, président de l'Athénée de Marseille, le 30 mai 1829.*)

ne convient pas à tous, elle ne convient peut-être même à aucun (1)! « Il est temps, « avons-nous dit avec M. Taleyrand Peri- « gord, de rompre les chaînes de nos an- « ciens systèmes ; il est temps de rendre à « la raison son courage et sa native énergie, « afin que, libre de tous les obstacles, elle « puisse rapidement et sans détours avancer « dans la carrière qui s'ouvre et s'agrandit « sans cesse pour elle. »

« Qu'il y ait des différences entre la raison « d'un homme et celle d'un autre homme, « ainsi l'a voulu la nature ; mais que la rai- « son de chacun soit tout ce qu'elle peut « être ainsi le veut la société. »

Et avec M. Viennet : « Pourquoi n'exis-

---

(1) Regardons le latin comme un superbe édifice détruit par le temps, mais dont les pierres artistement retaillées et autrement placées, ont servi à construire un nouvel édifice, qui, pour n'être pas sur le même plan, n'en est pas moins commode, ni moins régulier, ni moins beau. (*D'Olivet*).

« te-t-il aucun cours complet qui, abré-
« geant à nos enfans le temps de leurs
« études, leur donne la faculté d'appren-
« dre avant qu'ils soient hommes, ce qu'ils
« auront avantage à savoir lorsqu'ils seront
« hommes faits ? »

Ce n'a certainement pas été la difficulté que présentait un pareil ouvrage, qui a empêché jusqu'à ce jour nos auteurs de l'entreprendre; disons plutôt, qu'il était malgré son importance, d'un trop petit mérite, pour occuper les précieux instans d'un esprit distingué; moins facile à faire il serait sans doute déjà fait.

Pénétrés, qne nous avons été, de cette vérité, animés d'un vif désir d'être utiles, convaincus qu'un pareil travail ne demandait pas de grands talens créateurs, mais du zèle et de la patience, nous l'avons entrepris, et cela, nous le répétons, sans vouloir créer, sans intention d'être auteurs, bien qu'il nous fût permis de dire avec Pascal : « Il y a des gens qui voudraient

« qu'un auteur ne parlât jamais des choses « dont les autres ont parlé, autrement on « l'accuse de ne rien dire de nouveau ; mais « si les matières qu'il traite ne sont pas « nouvelles, la disposition en est nouvelle. « Quand on joue à la paume, c'est une « même balle dont jouent l'un et l'autre, « mais l'un la place mieux. J'aimerais au- « tant qu'on l'accusât de se servir des mots « anciens, comme si les pensées ne for- « maient pas un autre corps de discours « par une disposition différente, aussi bien « que les mêmes mots forment d'autres « pensées par les différentes dispositions. »

Un ressouvenir de nos classes, des compulsations et le fruit de huit ou dix ans d'exercice dans l'instruction publique, voilà ce que nous offrons à nos jeunes compatriotes, voilà la pierre que nous apportons pour notre compte à l'édifice de la restauration. Tout ce que nous dirons a été dit avant nous, ce n'est donc point à nous que seront dûs les éloges : nous aurons cependant droit aux reproches, si nous n'avons produit aucun bien, parce que puisant à des sources pures, ce ne sera qu'à la faiblesse de nos moyens que nous devrons d'avoir manqué notre but!

PRÉFACE.

Le plan de notre ouvrage se trouvait naturellement tracé par les besoins de ceux auxquels il est destiné. Connaître avant tout et par dessus tout la langue de son pays, voilà ce que doit ambitionner celui qui veut vivre au sein de son pays. « Les Ro-« mains nous ont appris, disait Rollin, par l'appli-« cation qu'ils donnaient à l'étude de leur langue, « ce que nous devons faire pour nous instruire de « la nôtre. Chez eux, les enfans dès le berceau « étaient formés à la pureté du langage. Ce soin « était regardé comme le premier et le plus essen-« tiel après celui des mœurs. Il était particulière-« ment recommandé aux mères mêmes, aux nourri-« ces, aux domestiques. On les avertissait de veil-« ler autant qu'il était possible, à ce qu'il ne leur « échappât jamais d'expressions, ou de prononcia-

« tions vicieuses en présence des enfans, de peur « que ces premières impressions ne devinssent en « eux une seconde nature qu'il serait presque im- « possible de changer dans la suite.

« Il s'en faut bien, ajoute-t-il, que nous « apportions le même soin pour nous perfectionner « dans la langue française. Il y a peu de per- « sonnes qui la sachent par principes, on croit « que l'usage seul, suffit pour s'y rendre habile, « il est rare qu'on s'applique à en approfondir « le génie, et à en étudier toutes les délicatesses. « Souvent on en ignore jusqu'aux règles les plus « communes, ce qui paraît quelquefois dans les « lettres mêmes des plus habiles gens. »

Un siècle d'amélioration s'est écoulé depuis les conseils de ce savant maître, et cependant, combien l'étude de notre langue demande encore de perfectionnement! Il était indispensable pour nos élèves de commencer les études par cette partie, base unique de l'éducation d'un français, je dirais volontiers de toute éducation, puisque cette langue est devenue la langue universelle, puisqu'avec elle on peut voyager chez tous les peuples, sûrs d'en être entendus, puisque, par sa nature et par son gouvernement, le français est devenu l'homme de toutes les nations, puisque, comme le dit avec autant d'élégance que de vérité, M. de Rivarol, ses livres composent la bibliothèque du genre humain, et que si le monde finissait tout-à-coup, pour faire place à un monde nouveau, c'est un livre français qu'il faudrait lui léguer. Il était aussi indispensable dans notre plan, de donner à cette partie plus de développement qu'à toutes les autres, par la raison que l'élève ne devant point apprendre de langue morte (1), doit donner tous ses soins à celle de son pays, et commencer à former son jugement par cette étude.

Dans cette vue, nous avons dû nécessairement ne pas nous borner à de simples règles ou à de faibles analyses, parce que nous visions plus loin que beaucoup de nos prédécesseurs et que nous avions un mode différent à suivre. Cet ouvrage, si nous ne nous abusons point, peut préparer à des études plus sérieuses et doit suffire à ceux qui ne se destinent qu'aux arts libéraux, au commerce et à la carrière administrative ; aussi, nos soins, après la Grammaire française, ont de suite été donnés aux Mathématiques, nous voulons dire à cette partie des

---

(1) Loin de nous l'idée que l'étude des langues grecque et latine, soit nuisible à tous ; beaucoup peuvent et doivent s'y appliquer, mais beaucoup aussi n'en ont que faire, et c'est pour ceux-là que nous avons écrit.

Mathématiques, utile, nécessaire à tout le monde : l'Arithmétique; et c'est ici surtout, que nous avons senti le besoin de nous appliquer à ne pas faire de notre élève un pur automate, un élève qui calculerait, comme on en voit tant, machinalement et par habitude; nous avions à enseigner « une science positive applicable à nos besoins dans nos arts, dans « nos fabriques et dans la simple ordonnance de la « vie sociale, » aussi tous nos calculs sont raisonnés, mis à la portée d'une intelligence déjà un peu exercée et dont toutes les opérations doivent désormais être dirigées par une sévère analyse et une logique sûre; tous nos principes sont développés d'après les meilleurs auteurs, depuis le système de la numération, dont si peu de gens connaissent à fond la théorie, jusqu'aux règles d'escompte et d'intérêt, qui complètent le calcul commercial, que tout le monde sait faire et que si peu de personnes savent raisonner. Nous ne finirons pas cette partie de notre ouvrage, sans faire la part de quelques principes de géométrie, applicables à l'arpentage, mais seulement en effleurant cette science, et afin que l'élève en sache, ce qui est rigoureusement nécessaire à une carrière quelconque.

Arrivé là, l'homme du travail est formé, il peut se présenter à tout atelier, sa supériorité ne tardera pas à s'y manifester; sa place n'est pas moins dans un comptoir, dans un bureau, il n'est pas savant, mais il en sait suffisamment pour tout entreprendre dans le monde. Reste à former l'homme de la société.

Ici, un champ plus vaste s'ouvre devant nous, et en jetant nos regards sur la carrière qu'il nous reste à fournir, nous voyons notre course à-peine commencée, et d'abord se présente à écrire l'Histoire; de toutes les connaissances humaines la plus agréable à acquérir, la plus utile à cultiver; nous dirions volontiers la plus difficile à bien apprendre, puisque selon la pensée de Cicéron *c'est elle qui enseigne l'art de bien vivre* et cet art est difficile!

Notre but en rédigeant un Cours d'Histoire pour l'ajouter à cet ouvrage, n'est pas de nous arrêter à des questions épineuses et savantes, à des détails minutieux, à des difficultés chronologiques, à des noms ou à des faits dignes d'oubli. Le temps est court, la matière est inépuisable, il nous suffira donc de donner une idée, aussi juste que possible, de tout ce qu'il importe le plus de savoir en tout genre, et pour cela nous aurons plus d'un auteur estimable à consulter : il y aura cependant entre leurs plans et le nôtre deux différences essentielles. D'abord, nous croyons indispensable de réunir d'une manière intime la Géographie et l'Histoire en sorte que ces deux Cours n'en fassent qu'un : ensuite il nous a paru bon de renoncer à l'ordre que semble indiquer la nature, pour adopter de préférence celui que réclament nos besoins.

« De toutes les histoires, a dit Velly, la plus di-« gne de l'étude de l'homme qui pense, est sans con-« tredit celle de la patrie. C'est une espèce de ta-« bleau général de famille, où chaque citoyen croit « reconnaître quelques-uns de ses ancêtres : les uns « dans un rang plus élevé ; les autres dans un état « moins brillant ; tous, véritablement utiles à la « société. »

Parlant à des Français, nous devions donc faire connaître, avant toute autre, l'Histoire de France. Ainsi avons-nous fait, et si notre élève ne pouvait s'occuper plus long-temps d'étude, du moins connaîtrait-il les événemens qui le touchent de plus près : ceux de son pays.

Les mêmes considérations qui nous portèrent à commencer le Cours d'Histoire par l'Histoire de France, nous forcent encore à un renversement d'ordre pour l'Histoire ancienne. Religieux, nous devons surtout étudier l'Histoire de notre Religion ; chrétiens, nous commencerons l'Histoire Sainte par le Nouveau Testament ; ces deux digressions faites, nous retournerons à l'Histoire du monde, par ordre chronologique, non pas cependant jusqu'à vouloir soulever entièrement le voile qui couvre les ténèbres de l'antiquité, mais seulement pour donner un aperçu des mœurs, des lois, du gouvernement, des arts et des sciences des plus anciennes nations, réservant de plus longs détails à l'Histoire des Grecs et des Romains dont les institutions se rapprochant plus des nôtres, ont fourni tant d'accroissement à notre civilisation actuelle, et qu'il serait honteux de ne pas connaître spécialement.

A cette Histoire se rattachent naturellement quelques notions de Mythologie, dans lesquelles nous voulons nous appliquer surtout, à montrer à nos élèves les rapports intimes de la fiction avec l'Histoire, et l'origine de cette fiction; toutefois nous ne considèrerons cette science que comme accessoire, et nous n'en parlerons que pour éviter des méprises souvent trop grossières, toujours impardonnables.

Quelques idées de Physique générale, d'Histoire Naturelle, de Chimie, de Minéralogie et de Botanique, fourniront à nos écoliers des connaissances, nécessaires dans plus d'une circonstance, agréables toujours : jusques là, ils n'auront suivi, dans le développement de leur raison et de leur intelligence, que les règles de la nature, il ne sera pas inutile de leur enseigner les règles du raisonnement; un Cours complet mais précis de Logique nous donnera le moyen de développer quelques principes essentiels de morale, qui achèveront de former leur raison.

Nous touchons presque au but que nous nous sommes proposé, notre tâche n'est cependant pas encore remplie. L'élève a des connaissances assez variées, il sait sa langue, il peut la parler, l'écrire même correctement. Faut-il bien encore qu'il apprenne à l'écrire élégamment; or, où peut-il mieux l'apprendre que dans les écrits de nos bons auteurs? il est donc essentiel de les lui faire tous connaître, afin de lui épargner la peine de lire des ouvrages fastidieux et qui ne lui enseigneraient rien. Cet objet nous le remplirons par un court traité de Rhétorique en forme de Cours de Littérature, où les règles et l'exemple seront sans cesse apportés à l'appui l'un de l'autre, où nous passerons en revue tous les grands maîtres, surtout ceux de la Littérature française, par ordre chronologique, et en donnant sur chacun l'opinion de nos plus grands juges (1).

---

(1) Nous n'avons pu résister au plaisir de renforcer notre manière de voir par l'opinion d'un honorable Député qui, à la face du pays, donne, au moment où notre ouvrage s'achève, une aussi haute approbation à notre système.

« Depuis long-temps de très-bons esprits ont signalé les abus et les lacunes qui existent dans l'instruction publique, ils ont surtout déploré ce sacrifice des plus belles années de la vie qu'on impose à nos enfans, pour l'étude

Qu'il nous soit permis d'espérer, que le temps, les recherches, les livres que notre Cours d'étude épargnera à la jeunesse, le rendront un ouvrage

---

des langues mortes dont l'usage doit être à jamais inutile aux neuf-dixièmes peut-être du petit nombre de ceux auxquels il est donné de les apprendre passablement.

« Oui, c'est avec beaucoup de raison, Messieurs, que l'on reproche aux études universitaires d'être tout-à-fait sans rapport direct avec les fonctions, les états, les arts, que les élèves devront exercer un jour. Est-il bien convenable à notre époque de continuer, je vous le demande, un système d'instruction qui, au lieu d'être favorable aux travaux producteurs, aux professions industrielles, qui seules font la richesse des familles et celle de l'Etat, leur est au contraire inutile et même dangereux ?

« N'a-t-on pas d'ailleurs remarqué, depuis bien long-temps, que si cette instruction de collége réussit parfois à développer des talens brillans chez quelques élèves privilégiés, le plus souvent aussi, elle ne parvient chez le plus grand nombre qu'à faire naître un amour-propre aussi stérile que ridicule, et une ambition aussi sotte que décevante.

. . . .

« Messieurs il en est plus que temps, il faut diriger l'instruction publique de manière qu'elle porte à-la-fois profit véritable à celui qui la reçoit, et à la société qui la paye ou l'encourage. » (*M. Touvenel. Discours prononcé à la chambre des Députés*, *séance du* 16 *juillet* 1829).

utile et pour ceux que dévore la soif du savoir, et pour ceux qui ne veulent acquérir qu'une connaissance générale et suffisante de tout ce qui fait partie d'une éducation cultivée. Tel est notre vœu. Puisse-t-il être rempli; ce sera notre plus douce récompense !

GRAMMAIRE.

> La langue française est un pays vaste où il y a toujours quelque chose de nouveau à découvrir. C'est une mine riche qu'on ne peut trop creuser. D'OLIVET.

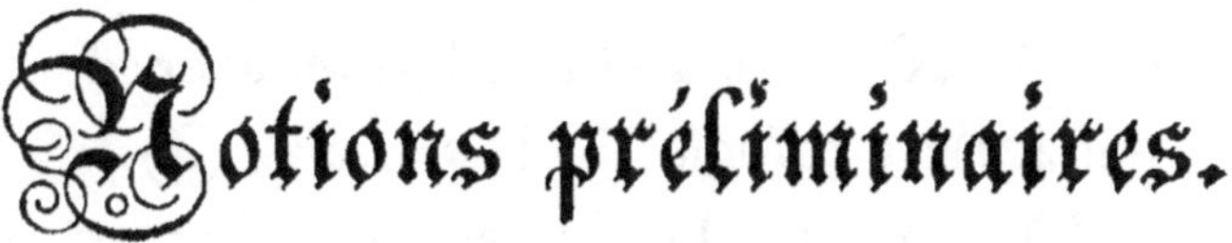

Notions préliminaires.

De la Grammaire en général.

LA Grammaire est un art qui apprend à énoncer la pensée suivant des règles données : ces règles peuvent être modifiées, proscrites, ou changées par l'usage.

La pensée peut s'énoncer de deux manières différentes : par la parole ou par l'écriture; la Grammaire, quant à son objet, se divise donc en deux parties, la première qui traite de la parole, l'*orthologie* (1); et la seconde, de l'écriture, l'*orthographe* (2).

L'orthologie, qui, dans la propre acception du mot, signifie : discours correct, ne doit pas faire confondre la pureté de la prononciation avec la pureté du langage, elle doit donc se diviser elle-même en deux parties *lexicologie* (3) et *syntaxe* (4).

L'expression la plus simple dont on se sert pour exprimer la pensée, s'appelle *mot*; les mots se composent de lettres. La

---

(1) Du grec λόγος parole et ὀρθὸς vrai, droit. (Nous ne donnons des étymologies grecques et latines que pour justifier nos dénominations aux yeux de l'homme instruit et nous repoussons d'avance toute accusation d'inconséquence).

(2) Du grec γραφὴ écriture et ὀρθὸς vrai, droit.

(3) Du grec λόγος parole et λεξικὸν dictionnaire.

(4) Du grec συνταξις; *racine* σὺν ensemble et τάσσειν disposer.

réunion de toutes les lettres d'une langue quelconque s'appelle *alphabet* (1).

De la Grammaire française en particulier.

L'alphabet français le plus généralement adopté (2) est composé de vingt-cinq lettres. Ces lettres se divisent en voyelles et en consonnes.

Des Lettres.

Cinq voyelles *a*, *e*, *i*, *o*, *u*, ainsi appelées parce que, sans articulation et par une seule émission de voix, elles forment un son (3).

---

(1) de ἄλφα et βῆτα nom des deux premières lettres des Grecs.

(2) Nous disons le plus généralement, parce qu'en effet tous les grammairiens ne sont pas précisément d'accord sur le nombre des lettres.

(3) Du latin *vox* voix, son.

Vingt consonnes *b*, *c*, *d*, *f*, *g*, *h*, *j*, *k*, *l*, *m*, *n*, *p*, *q*, *r*, *s*, *t*, *v*, *x*, *y*, *z*, (1); différant des voyelles en ce qu'on ne peut les prononcer sans les modifier, moyennant une voyelle, par les lèvres, le palais ou les dents (2).

Des Voyelles en général.

Les voyelles sont longues ou brèves (3).

---

(1) Quelques grammairiens mettent l'*y* au nombre des voyelles, il ne reste alors que dix-neuf consonnes. Cette lettre, il est vrai, est souvent employée comme voyelle, mais alors elle n'est autre que l'*i*. C'est pourquoi nous la rangeons parmi les consonnes, nous donnerons, au reste, bientôt notre opinion là-dessus.

(2) Du latin *sonare*, sonner; *cum*, avec.

(3) Les voyelles longues sont toujours graves (exigeant, pour être prononcées, une grande ouverture de bouche); les brèves, au contraire, sont toujours aiguës (n'exigeant qu'une très-petite ouverture de bouche).

Les voyelles longues sont surmontées d'une petite figure (^) appelée accent circonflexe, et se prononcent plus lentement que les brèves.

De quelques Voyelles en particulier.

Il y a trois sortes d'*e* : *e* muet, *é* fermé, *è* ouvert.

L'*e* muet se prononce à-peine ; l'*é* fermé se prononce les lèvres un peu ouvertes, il est surmonté d'un accent allant de droite à gauche (´) appelé aigu ; l'*è* ouvert se prononce la bouche entièrement ouverte, il est surmonté d'un accent qui va de gauche à droite (`) appelé grave.

Ce dernier *è*, est encore de trois sortes, aigu, grave et très-ouvert.

Indépendamment des cinq voyelles dont nous avons parlé, on compte encore six sons de voix qui peuvent être mis au même rang : *eu*, *ou*, *an* ou *am*, *in* ou *im*, *un* ou *um*, *on* ou *om*, puisque ces sons n'exigent, pour être émis, aucun mouvement de la langue, ni des lèvres, et qu'ils ne se composent de plusieurs lettres que parce que nous manquons de signes exclusifs pour les représenter.

Parmi ces dernières voyelles, quatre sont dites nasales, parce qu'elles font entendre un son qui vient du nez, ce sont celles dans lesquelles se trouve la lettre *n* ou *m*; elles ne sont cependant nasales que lorsqu'elles terminent un mot, ou qu'elles sont suivies, dans un mot, d'une consonne autre que *m* ou *n* (1).

Des Diphthongues.

Il ne faut pas confondre avec ces dernières voyelles, la diphthongue (2) ou réunion de deux sons simples, prononcés par

---

(1) Dans le Traité de la prononciation nous indiquerons quelques exceptions à cette règle.

(2) Du grec δὶς deux fois et φθόγγος son de voix.

une seule émission de voix de manière à faire entendre chacun des deux sons.

On compte ordinairement dix-neuf diphthongues.

ai,	ion,	oue,		ié,		oi,
ia,	iou,	oui,	ie,	iè,	oi,	eoi.
io,	oe,	ue,		iai,		ouai.
ien,	ouan,	ui,	oin,	oin,	ian,	ian.
ieu,	ua,	uin,		ouin,		ien.

Des Consonnes en général.

Quant aux consonnes, on les divise, d'après l'organe de la parole que chacune d'elles met en action, en

Labiales qui se prononcent surtout des lèvres.

Linguales qu'on prononce avec le secours de la langue.

Pallatales (mieux *palatines*) dont le son s'exécute près du palais.

Dentales (mieux *dentaires*) ou *sifflantes*,

qui résultent du rapprochement de la langue sur les dents.

Nasales qui se prononcent un peu du nez.

Gutturales qui sont prononcées avec forte aspiration du fond de la gorge.

Les consonnes ont deux sons différens : le son réel, celui que la consonne a de sa nature, et le son habituel celui que lui donne l'usage ou une position particulière.

Des Consonnes en particulier.

Huit consonnes seulement conservent toujours leur son réel : *b*, *k*, *l*, *m*, *n*, *p*, *q*, *r*; *c*, *g*, *t*, ont tantôt un son doux, tantôt un son fort; le *t* final n'a souvent point de son ; *f* prend quelquefois le son du *v*, qui perd le sien à la fin de quelques mots ; *s* prend souvent le son du *z* et quelquefois, comme le *z*, ne se prononce pas du tout ; *x* sonne tantôt comme *cz*, tantôt comme *gz*, *ss*, *c*, *z*.

La lettre *h* est tantôt aspirée, c'est-à-dire qu'elle donne à la voyelle qui la suit un son guttural, *hameau*, *héros*, tantôt muette, et alors elle ne change rien à cette même voyelle (1).

L'*y* a le son tantôt d'un i, tantôt de deux *i* (2).

La réunion d'une voyelle et d'une consonne forme ce qu'on appelle proprement

---

(1) Quelques grammairiens font la lettre *h* consonne, d'autres la regardent comme voyelle, et d'autres comme simple signe d'aspiration. Cette lettre n'est, à notre avis, nécessaire que dans les syllabes douces *chapeau*, *cheval*, *chimie*, *chose*, *chute*, partout ailleurs il serait utile de la faire disparaître ; dans le cas d'aspiration on la remplacerait par un tréma sur la voyelle : héros, *ëros*.

(2) Nous croyons cette lettre d'une inutilité évidente, puisqu'elle n'a jamais d'autre son que celui d'un *i* ou de deux *i*; on pourrait donc toujours au lieu d'un *y*, mettre, suivant le besoin, un ou deux *i*, par la même raison qu'on met un ou deux *m*, un ou deux *n*, etc.

une syllabe (1), quoiqu'une voyelle seule puisse quelquefois former syllabe ; l'assemblage de plusieurs syllabes donne le mot. Un mot qui n'est formé que d'une syllabe s'appelle monosyllabe.

On compte en français dix sortes de mots, ou parties du discours :

1° Le substantif, 2° l'article, 3° l'adjectif, 4° le pronom, 5° le verbe, 6° le participe, 7° la préposition, 8° l'adverbe, 9° la conjonction et 10° l'interjection.

---

(1) Du grec συλλαβή ; *racine* σὺν avec, et λαμβάνειν prendre.

RÉSUMÉ HEBDOMADAIRE (1).

Demande. Donnez-nous quelques exemples pour nous faire connaître les voyelles longues et les voyelles brèves ?

Réponse.	Pâte	*â long,*	malle	*a bref.*
	Fête	*ê long,*	casquette	*e bref.*
	Gîte	*î long,*	petite	*i bref.*
	Prône	*ô long,*	personne	*o bref.*
	Mûre	*û long,*	prune	*u bref.*

D. Quels sont les mots ou le *h* est aspiré ?

R. Toutes les fois qu'il se trouve au milieu d'un mot, entre deux voyelles, presque toujours au commencement des noms de villes et de pays, dans tous les mots suivans et leurs dérivés :

Ha ! (et toute exclamation commençant par *h.*)	Habler (bavarder).
	Hacher.

(1) Ce résumé, ainsi que tous ceux que nous donnerons à la fin de chaque chapitre, servent de devoirs.

Hachures (t. de gravure et de blason.

Hagard.

Haha (ouverture).

Hahé (t. de chasse).

Haie (clôture).

Haïe (cris des charretiers).

Haillon.

Haïr.

Haire (chemise en crin ou en poil.

Halage (t. de marine).

Halbran (jeune canard sauvage.

Halbrener (chasser aux halbrans.)

Hâle.

Halener (l'usage a fait le h aspiré quoique dans haleine il soit muet.)

Haleter.

Halle

Hallebarde.

Hallebreda (t. de mépris).

Hallier (buisson).

Haloir (lieu où sèche l[e] chauvre).

Halot (trou sous un[e] garenne).

Halte.

Hamac.

Hameau.

Hampe.

Han.

Hanche.

Hangar.

Hanneton.

Hanscrit (langue savant[e] des Indiens.

Hanse.

Hansière (t. de marine)

Hanter.

Happe (espèce de cram[pon] pon).

Happelourde (pierre fau[s]se).

Happer.

Haquenée.

Haquet (chariot).

Haranguer.

Haras.

Harasser.

Harder (t. de chasse).
Hardes.
Hardi.
Harem (sérail).
Hareng.
Harengère.
Hargneux.
Haricot.
Haridelle.
Harnacher.
Haro.
Harpailler (se quereller).
Harpe.
Harpeau (t. de marine).
Harper.
Harpie.
Harpin (croc).
Harpon (dard).
Hart. (lien).
Hasarder.
Hase (femelle du lièvre).
Hâte.
Hauban (t. de maçon).
Haubans (t. de marine).
Haubert (cuirasse).
Hausse.
Haut.
Hautbois.
Hautesse.
Hâve.
Havir (pâlir).
Havre.
Havre-sac.
Heaume (casque).
Héler (t. de marine).
Hennir (pron. hannir).
Henri (aspiré ou non et tous ses dérivés, excepté Henriette ou le *h* est muet).
Héraut.
Hère.
Hérisser.
Hérisson.
Hernie (maladie).
Héron.
Héros (ses dérivés excepté héroïne, héroïde, héroïsme , héroïque , héroïquement.)
Herse.
Hêtre.
Heurt (choc).
Heurtoir.

*

Hibou.
Hideux.
Hie (instrument pour enfoncer le pavé).
Hiérarchie.
Hisser (t. de marine).
Hobereau (oiseau de proie, terme de mépris pour désigner un gentilhomme campagnard).
Hoc (jeu de cartes).
Hoche (entaillure).
Hochepot (ragoût).
Hocher.
Homard (poisson).
Hongre.
Honnir.
Honte.
Hoquet.
Hoqueton.
Horde.
Horion.
Hors.
Hotte.
Hottée.
Hottentot.
Houblon.
Houe (instrument de jardinage).
Houille.
Houlette.
Houlle (t. de marine).
Houppe.
Hourdage (maçonnage grossier).
Hourder.
Houri.
Hourvari (t. de chasse).
Houssard (hussard).
Houspiller.
Houssaie (où se trouvent les houx).
Housse.
Houssine.
Houssoir.
Houx (arbre).
Hoyau (houe).
Huche.
Huer.
Huguenot.
Huit.
Humer.
Hune, hunier.
Huppe, huppé.

Hure.	**Hurler.**
Hurhaut (t. de charretier).	**Hutte , se hutter.**

D. Faites-nous connaître, par quelques exemples, toutes les diphthongues?

R. B*ai*l ,	camail.	B*ui*s ,	puits.
D*ia*ble ,	fiacre.	Q*uin*tuple,	suinter.
F*io*le ,	viole.	Soul*ier*,	fermier.
Comb*ien*,	mien.	B*iè*re ,	première.
p*ieu* ,	mieux.	N*iai*s ,	biaiser.
Pot*ion* ,	adoration.	M*oi* ,	foi.
Ch*iou*rme,	elviou.	Bourg*eoi*s,	Albigeois.
Po*è*me ,	moelle.		
Ec*ouan* ,	louange.	*ouai*lle ,	
Eq*ua*tion,	équateur.	F*oin* ,	loin.
F*oue*t ,	ouest.	Mars*ouin*,	baragouin.
Fén*ouil*,	enfouir.	Am*ian*te ,	fiançailles.
Ec*ue*lle ,	(mot unique).	Pat*ient* ,	quotient.

D. Donnez-nous quelques exemples sur les différentes sortes d'*e*?

R. L'*e* est muet dans *prudence* , *tente* , *il chante*; il est fermé dans *célérité*, *été*, *avidité;* ouvert-aigu dans *père*, *mère*, *chère ;* ouvert-grave dans *nèfle*, *trèfle*, et très-ouvert dans *accès*, *succès.*

D. Quand est-ce que la lettre *y* a le son d'un *i* simple ?

R. 1° Quand elle est employée seule : *on y va.*

2° A la tête d'une syllabe, précédant une voyelle : *yeux.*

3° Entre deux consonnes : *cyprès*, *lyre*, *martyr*, etc.

D. Quand est-ce que l'*y* a le son de deux *i?*

R. Toutes les fois qu'il est placé entre deux voyelles : *essuyer, ennuyer, royauté*, etc.

D. Peut-on employer indifféremment l'*i* ou l'*y ?*

R. Toutes les fois qu'il y a deux *p* ou son *hip*, on doit écrire par un *i*, et quand il n'y a qu'un *p* on écrit par un *i* grec aussi bien que dans une centaine de mots que l'usage seul peut apprendre.

D. Qu'est-ce que le substantif?

R C'est un mot qui désigne une personne ou une chose.

D. Qu'est-ce que l'article?

R. C'est un monosyllabe qui se place devant le nom.

D. Qu'est-ce que l'adjectif?

R. C'est un mot qui sert à qualifier le substantif.

D. Qu'est-ce que le pronom?

R. C'est un mot que l'on emploie à la place du nom.

D. Qu'est-ce que le verbe?

R. C'est un mot qui sert principalement à signifier l'affirmation.

D. Qu'est-ce que le participe?

R. C'est un mot qui *participe* à la nature du verbe et à celle de l'adjectif.

D. Qu'est-ce que la préposition?

R. C'est un mot qui sert à désigner les rapports que les choses ont les unes avec les autres.

D. Qu'est-ce que l'adverbe ?

R. C'est un mot qui sert à modifier le verbe, l'adjectif, et quelquefois un autre adverbe.

D. Qu'est-ce que la conjonction ?

R. C'est un mot qui sert à lier plusieurs idées.

D. Qu'est-ce que l'interjection ?

R. C'est un mot qui sert à exprimer un sentiment de l'ame (1).

---

(1) La plupart de ces définitions ne sont pas entières, parce qu'il eût fallu employer des mots dont l'élève ne connaît pas encore la signification ; il entre cependant dans notre plan de donner, dès le principe, une idée générale de toutes les parties du discours.

Chapitre premier.

DU NOM OU SUBSTANTIF (1).

Définition.

Le nom ou substantif est un mot qui désigne une ou plusieurs personnes, une ou plusieurs choses.

Du nombre.

Quand le substantif est employé pour désigner une seule personne ou une seule chose, il est dit au singulier (2); s'il désigne plusieurs personnes ou plusieurs choses, il

(1) Du latin *substantia*, substance, être.

(2) Du latin *singulus*, chacun en particulier.

est dit au pluriel (1); cette différence dans la quantité s'appelle nombre (2). Nous avons donc deux nombres, le singulier et le pluriel.

Du Genre.

Quand le substantif désigne des hommes ou des animaux mâles il est dit masculin (3), s'il désigne des femmes ou des animaux femelles, il est dit féminin (4); cette différence dans l'espèce s'appelle genre (5). Nous avons donc deux genres, le masculin et le féminin.

Le genre s'étend à tous les substantifs. L'usage fait masculins ou féminins les mots même qui n'expriment ni des mâles ni des femelles.

---

(1) Du latin *plures*, plusieurs.

(2) Du latin *numerare*, compter.

(3) Du latin *masculus*, mâle.

(4) Du latin *fœmina*, femme.

(5) Du latin *genus*, genre, espèce.

Nous avons en français deux sortes de nom, le nom propre et le nom commun.

Du Nom propre.

Le nom propre est celui qui ne sert à désigner qu'une seule personne ou une chose distincte : *Bordeaux* (ville), *Rhin* (fleuve), *Massillon* (orateur) ; mots qui ne conviennent qu'à *Bordeaux*, au *Rhin*, à *Massillon*.

Du nom commun.

Le nom commun désigne les êtres, par l'idée générale d'une nature commune à plusieurs : *homme*, *arbre*, *vérité* ; mots qui conviennent à tous les *hommes*, à tous les *arbres*, à toutes les *vérités*.

Le nom ou substantif commun se divise en substantif collectif et substantif composé.

Du Substantif collectif.

Le substantif collectif (1) est celui qui bien qu'au singulier, renferme l'idée de plusieurs personnes ou de plusieurs choses semblables; tels sont les mots, *armée*, *forêt*, *peuple*, *foule*, etc.

Il se divise en collectifs généraux et collectifs partitifs. Les premiers expriment la totalité des personnes ou des choses dont on parle, ils sont toujours précédés des mots, *le*, *la*, *les*, *ce*, *cette*, *mon*, *ton*, *son*, *notre*, etc.; *la forêt*, *ce peuple*, *nos armées*, etc. Les seconds se composent de plusieurs mots et marquent une portion du tout; ils sont ordinairement précédés des mots, *un*, *une*, *une portion du peuple*, *une partie de l'armée*, etc.

---

(1) Du latin *colligere*, rassembler, réunir.

Du Substantif composé.

On appelle substantif composé, la réunion de certains termes dont le sens équivaut à celui d'un substantif. Ces termes sont unis par une petite figure (-) appelée trait d'union. Ex. *fier-à-bras*, qui équivaut à *fanfaron*, *meurt-de-faim*, qui équivaut à *misérable*; *porte-clef* à *guichetier*; *révenans-bons* à *profits*.

Formation du Pluriel dans les noms.

Règle générale pour les Noms propres.

Les noms propres ne prennent jamais la marque du pluriel à moins qu'ils ne soient employés comme noms communs.

Règle générale pour les Noms communs.

Le pluriel dans les noms se forme en ajoutant un *s* à la fin du mot.

Exceptions.

1° Tous les noms terminés au singulier par *s*, *x*, *z*, ne changent pas d'orthographe au pluriel (1).

2° Les noms terminés au singulier par *eau*, *au*, *eu* et *ou*, prennent un *x* au pluriel; cependant *bleu*, *bambou*, *coucou*, *écrou*, *filou*, *matou*, *sou*, *trou*, et *verrou* suivent la règle générale.

3° Presque tous les noms dont le singu-

---

(1) Nous nous sommes dit plus d'une fois : pourquoi ne pas s'arrêter à cette seule exception, la mémoire serait bien moins chargée et l'orthographe bien mieux sue.

lier est terminé en *al* ou *ail* forment leur pluriel en *aux*. Néanmoins les mots *bal*, *carnaval*, *régal*, *pal*, *cal*, *camail*, *détail*, *évantail*, *gouvernail*, *épouvantail*, *mail*, *poitrail*, *portail*, *sérail*, *attirail*, suivent la règle générale, aussi bien que *travail* lorsqu'il signifie les machines de bois à quatre piliers entre lesquels on attache quelquefois les chevaux fougueux ; ou bien lorsqu'il s'agit des comptes administratifs rendus par un subordonné à ses supérieurs. *Ail* fait au pluriel *aulx*, mais il est mieux de dire des *gousses d'ail* ou simplement *de l'ail.*

Bercail n'a point de pluriel, *bétail* fait *bestiaux*, *ciel* fait *cieux ;* on dit cependant des *ciels de lit*, *de carrière*, *de tableaux*, *mon pays est sous l'un des plus beaux ciels.*

OEil fait *yeux*, mais on dit des *œils de bœuf*, terme d'architecture ; des *œils de chat*, *de serpent*, terme de lapidaire ; des *œils de perdrix*, terme de broderie.

Universel fait *universaux*.

Aïeul fait au pluriel *aïeuls* quand il désigne simplement les grands-pères; pour signifier ancêtres, il fait *aïeux*.

4° Tous les noms terminés en *ant* et en *ent* changent au pluriel le *t* en *s*; les monosyllabes suivent la règle générale.

Substantif collectif.

Cette espèce de substantif suit toutes les règles et exceptions du nom commun.

Substantif composé.

Le substantif composé s'écrit au pluriel d'après les règles et exceptions susdites quand il a passé à l'état de mot, c'est-à-dire quand il est devenu substantif simple; dans les autres cas, les uns ne prennent la marque du pluriel qu'au dernier mot, d'autres à tous, d'autres enfin ne la prennent pas du tout.

Formation du Féminin.

Nous n'avons pas de règle générale, pour former le féminin dans les noms. Parmi les substantifs exprimant des êtres animés et par conséquent mâles ou femelles de leur nature, les uns forment leur féminin en changeant d'expression : ainsi le féminin de *homme* est *femme*, celui de *cerf* est *biche ;* les autres changent seulement de terminaison *lapin* fait au féminin *lapine*, *tigre* fait *tigresse ;* d'autres n'ont que le masculin pour représenter les deux genres, *corbeau*, *aigle ;* d'autres n'ont que le féminin *panthère*, *vipère*.

Quant aux êtres inanimés, comme ils ne sont de leur nature ni mâles ni femelles, l'usage fait les uns masculins et les autres féminins *cabinet*, *autel*, etc., sont masculins; *table*, *maison*, etc., sont féminins. Soumis à l'usage, ces derniers noms sont, comme lui, sujets à changer. *Age* était féminin, il est aujourd'hui masculin; *rencontre* était masculin autrefois, il est maintenant féminin. Par suite de ces changemens, quelques substantifs ont conservé les deux genres.

DEUXIÈME RÉSUMÉ.

Demande. Quand est-ce qu'un nom propre peut être employé comme nom commun?

Réponse. Il est employé comme nom commun, lorsqu'il désigne plusieurs individus qui ont quelques rapports avec celui dont on emploie le nom. Ainsi *Démosthène*, *Cicéron*, *Bossuet*, ayant été des orateurs distingués, on pourra, toutes les fois qu'on voudra désigner des hommes qui possèdent le même talent, dire: *ce sont des Démosthènes*, *des Cicérons*, *des Bossuets.*

D. Tous les noms ont-ils les deux nombres?

R. Quelques noms ne s'emploient qu'au singulier; quelques autres, moins nombreux, ne s'emploient qu'au pluriel.

N'ont pas de pluriel:

Les noms de métaux; *or*, *argent*, etc.

Les aromates; *encens*, *myrrhe*, etc.

Les noms de vertus et de vices; *courage*, *lâcheté*, etc.

Quelques noms relatifs aux qualités physiques ou morales de l'homme; *beauté*, *bienséance*, etc.

Enfin tous les adjectifs employés substantivement; *l'utile*, *l'agréable*, etc.

N'ont pas de singulier, les noms suivans (1) :

Accordailles.	Assistans.	Ciseaux. *
Acquêts.	Assises. *	Confins.
Aguets.	Atours. *	Décombres.
Alentours.	Bésicles.	Dépens.
Ancêtres. *	Bestiaux.	Doléances.
Annales.	Bornes. *	Entours.
Appas.	Broussailles.	Entraves. *
Armoiries.	Broutilles.	Entrailles.
Arrérages.	Catacombes.	Épousailles.

(1) Nous avons marqué d'un astérisque les mots qui s'emploient quelquefois au singulier, mais dans un sens différent du pluriel.

www.ingramcontent.com/pod-product-compliance
Lightning Source LLC
LaVergne TN
LVHW011955160826
845678LV00002B/552

* 9 7 8 2 3 2 9 6 8 2 3 2 7 *